Suivons l'abeille!

Initiation à l'apiculture urbaine

Scot Ritchie

Texte français d'Isabelle Allard

SCHOLASTIC

À Katherine, qui sait apprécier la beauté d'un jardin et les abeilles qui en font partie. – S.R.

Catalogage avant publication de Bibliothèque et Archives Canada

Ritchie, Scot
[Follow that bee! Français]
Suivons l'abeille! : initiation à l'apiculture urbaine / Scot Ritchie ;
texte français d'Isabelle Allard.

Traduction de: Follow that bee!
ISBN 978-1-4431-7412-1 (couverture souple)

1. Apiculture urbaine--Ouvrages pour la jeunesse. 2. Apiculture--Ouvrages pour la jeunesse. 3. Abeille--Ouvrages pour la jeunesse. 4. Abeille--Aspect social--Ouvrages pour la jeunesse. 5. Abeille--Effets de l'homme sur--Ouvrages pour la jeunesse. 6. Apiculteurs--Ouvrages pour la jeunesse. I. Titre. II. Titre: Follow that bee! Français.

SF523.5.R5814 2019 j638'.1 C2018-904356-3

Édition publiée par les Éditions Scholastic, 604, rue King Ouest, Toronto (Ontario) M5V 1E1, avec la permission de Kids Can Press Ltd.

5 4 3 2 1 Imprimé en Malaisie CP130 19 20 21 22 23

Les illustrations de ce livre ont été réalisées par ordinateur.
Le texte a été composé avec la police de caractères Futura.
Conception graphique de Julia Naimska

Table des matières

Visite les abeilles

Les cinq amis bourdonnent d'excitation aujourd'hui! Ils rendent visite au voisin de Martin. M. Cardinal a des ruches dans son jardin et il a invité les jeunes à observer comment vivent les abeilles.

Pour attirer plus d'abeilles dans les espaces urbains, de nombreuses villes encouragent les gens à avoir des ruches dans leur jardin.

Martin
Pedro
Marché
Oli
Pépinière
Jardin de pollinisation
Max
Yannie

Amis des abeilles

Les abeilles ont besoin de fleurs pour se nourrir. Tout comme il nous faut des aliments variés, les abeilles doivent butiner diverses espèces de fleurs.

M. Cardinal donne un coup de main à ses abeilles en ayant un grand jardin rempli de fleurs sauvages différentes. Les cinq amis l'aident à prendre soin du jardin.

Les abeilles souffrent quand elles ne peuvent pas trouver les variétés de fleurs sauvages dont elles ont besoin. Les pesticides et les fongicides peuvent aussi leur faire du mal, et elles risquent de mourir en raison de parasites ou d'infections qu'elles seraient normalement capables de combattre.

Les abeilles se nourrissent de toutes sortes de fleurs pour rester en santé!
Je mange de la nourriture provenant des cinq groupes alimentaires pour rester en santé!

Jardin de fleurs

M. Cardinal et les enfants vont à la pépinière pour trouver d'autres fleurs appréciées par les abeilles. Tout le monde veut s'assurer que les abeilles de M. Cardinal sont bien nourries!

Les abeilles couvrent parfois plusieurs kilomètres pour trouver des fleurs, mais elles préfèrent butiner près de leur ruche. Une abeille peut butiner plus de mille fleurs par jour!

Les abeilles adorent le nectar des pissenlits. Je laisse donc les miens pousser!

Les besoins des abeilles

À la pépinière, chaque enfant choisit une espèce de fleur indigène, c'est-à-dire qui pousse naturellement dans la région. C'est ce que les abeilles préfèrent. Les enfants remplissent un chariot de toutes les plantes favorites des abeilles.

Les abeilles mangent deux éléments des plantes : le nectar, qu'elles transforment en miel, est rempli de sucre et leur donne de l'énergie; le deuxième élément est le pollen, qui leur procure des protéines et du gras.

Pépinière Gentil coquelicot
Nous n'utilisons aucun pesticide
Les abeilles aiment les fleurs violettes, bleues et jaunes.
Elles ne voient pas la couleur rouge!

Des amies naturelles

Ensuite, M. Cardinal amène les enfants dans un jardin de pollinisation local.

— Les fleurs qu'on voit ici ont été plantées pour attirer des insectes pollinisateurs comme les papillons, les abeilles et les guêpes, explique-t-il.

— Que font les insectes pollinisateurs? demande Sandrine.

— Ils déplacent du pollen d'une fleur ou d'une plante à une autre, répond M. Cardinal.

Une bouchée de nourriture sur trois que nous avalons provient de plantes pollinisées par des abeilles. Sans elles, il y aurait beaucoup moins de fruits, de légumes et de noix.

1. Lorsqu'une abeille se pose sur une fleur, le pollen se fixe aux poils sur son corps.
2. Quand elle se pose sur la fleur suivante, elle y laisse du pollen qui aidera cette fleur à produire des graines.
3. Les graines donneront ensuite de nouvelles plantes.

Une maison alvéolaire

— Regardez! s'écrie Martin. Une ruche!

Les abeilles construisent leurs ruches avec la cire qui provient de leur ventre. Une femelle mâche la cire et la mélange avec sa salive. Lorsqu'elle a terminé, la cire a une texture idéale pour créer les alvéoles qui constituent les rayons de la ruche. Une ruche est composée de nombreux rayons.

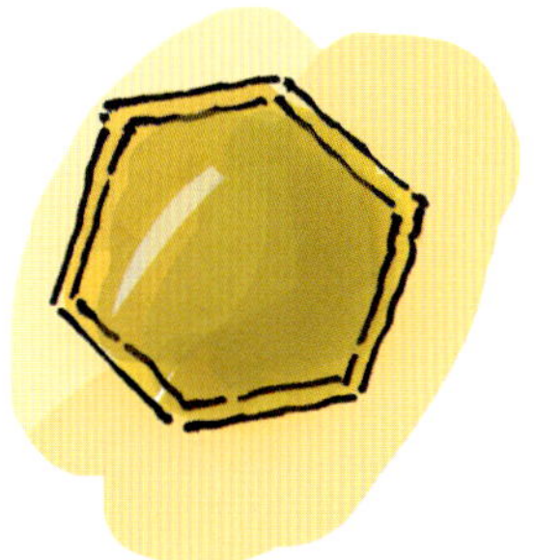

Cette forme à six côtés s'appelle un hexagone. C'est la forme idéale pour une alvéole de ruche, car elle est très solide et ne gaspille pas d'espace!

Voici à quoi ressemble l'intérieur de la ruche.

Retour à la nature

Pedro remarque un chantier de construction sur le terrain voisin.

— C'était un terrain vague, autrefois! s'écrie-t-il.

Quand les villes se développent, de nombreux habitats propices aux abeilles disparaissent. C'est pourquoi de plus en plus de villes trouvent des façons de favoriser un retour à la nature en encourageant les gens à transformer leurs jardins et leurs toits en habitats favorables aux abeilles.

Si un terrain vague est laissé intact, il se remplira vite de plantes qui attireront les abeilles.

Toutes ensemble

De retour dans le jardin de M. Cardinal, les amis observent les abeilles qui travaillent. Dans une ruche, toutes les abeilles travaillent ensemble, mais chacune d'entre elles a une tâche spécifique. Aucune abeille ne pourrait survivre seule.

— Elles ont des tâches à accomplir dans leur maison, tout comme nous! dit Pedro.

Il n'y a qu'une seule reine, et c'est la plus grosse femelle de la colonie. Une ruche comprend quelques centaines de faux bourdons et jusqu'à 80 000 ouvrières.

La reine n'a qu'une chose à faire : pondre des œufs. Elle peut en pondre jusqu'à 2 000 par jour!
Les ouvrières sont des femelles, et ce sont elles qui travaillent le plus. Elles recueillent le pollen et le nectar, produisent de la cire, nettoient la ruche, nourrissent la reine, s'occupent des petits et fabriquent du miel.

Abeille ou pas?

Martin remarque que ce n'est pas toujours facile de reconnaître les abeilles à cause de leur ressemblance avec d'autres insectes, comme les frelons, certains coléoptères et les papillons de nuit. M. Cardinal montre aux cinq amis comment identifier une abeille.

Une abeille bat des ailes plus de 200 fois par seconde. C'est ce qui crée son bourdonnement!

aile avant
thorax
aile arrière
abdomen
aiguillon
corbeille
à pollen

Danse aérienne!

Les abeilles peuvent être agitées, tout comme nous. Parfois, elles dansent! Lorsqu'une abeille revient à la ruche après avoir butiné, elle danse pour indiquer aux autres abeilles où trouver de la nourriture. La danse en cercle leur apprend qu'il y a des fleurs à proximité. La danse frétillante signifie que les fleurs sont très loin et indique la direction à prendre.

La direction et la longueur de chaque mouvement montrent aux autres abeilles où elles pourront trouver du pollen et du nectar. Plus une abeille se trémousse, plus la quantité de nourriture disponible est grande!

Je peux
frétiller, moi
aussi!

Aïe! Ça pique!

— Aïe! s'écrie Nico.

Les abeilles piquent pour garder leurs ennemis à distance. Une piqûre d'abeille est très douloureuse et provoque une enflure, de la rougeur et des démangeaisons. Toutefois, c'est encore pire pour l'abeille : quand elle te pique, son aiguillon est arraché de son abdomen et elle meurt.

Heureusement, M. Cardinal sait comment soulager Nico. Il retire rapidement l'aiguillon, nettoie la piqûre avec de l'eau et du savon, puis applique de la glace. Il explique qu'il faut être très prudent en présence d'abeilles. Certaines personnes sont allergiques aux piqûres d'abeilles sans le savoir.

Miam, du miel!

Lorsqu'une colonie d'abeilles produit plus de miel qu'il ne lui en faut, l'apiculteur peut en retirer une partie. Il porte une tenue conçue pour se protéger des piqûres. M. Cardinal a une autre méthode de protection.

— La fumée les calme, explique-t-il en soulevant le couvercle de la ruche.

M. Cardinal racle le miel du cadre et le dépose dans un filtre pour enlever la cire. Puis les enfants l'aident à mettre le miel dans des pots afin de le vendre au marché.

Une journée au marché

Encourager les apiculteurs, les fermiers et les jardiniers locaux est l'une des meilleures façons d'aider les abeilles.

Y a-t-il un marché près de chez toi?

Miel
Cardinal
100% NATUREL
Mon père achète son
miel ici.
Je vais parler à tout
le monde du miel de
M. Cardinal!

Bon voisinage

Tu veux aider les abeilles? Installe un abreuvoir pour abeilles dans ton jardin!

Il te faudra un contenant peu profond en verre ou en céramique, des cailloux ou des billes, et de l'eau fraîche.

1. Dépose les cailloux ou les billes dans le contenant. Cela procurera aux abeilles un endroit pour se poser pendant qu'elles boivent.

2. Place le contenant dans un coin ombragé du jardin.

3. Ajoute juste assez d'eau pour que les cailloux ne soient pas entièrement recouverts.

Maintenant, les abeilles peuvent boire, apporter de l'eau aux larves et rafraîchir leur ruche.

N'oublie pas de remplir le contenant régulièrement. Une colonie peut boire jusqu'à un litre d'eau par jour!

Y a-t-il un jardin de pollinisation à ton école? S'il n'y en a pas, tu pourrais en créer un.

Prévois du temps pour t'en occuper, car les plantes ont besoin d'être arrosées et taillées.

N'oublie pas que les abeilles raffolent des pissenlits.

Laisse la nature suivre son cours! Les plantes pousseront rapidement, et les abeilles en seront reconnaissantes.

Mots à retenir

Allergie aux piqûres d'abeilles : Réaction du système immunitaire d'une personne à une piqûre d'abeille, comme si celle-ci était extrêmement toxique. Une personne ayant une réaction allergique à une piqûre peut avoir une respiration sifflante, la langue ou les lèvres enflées, des étourdissements et des vomissements. Elle peut aussi faire de l'urticaire ou perdre conscience.

Butiner : Récolter le pollen et le nectar des fleurs.

Colonie : Famille d'abeilles comprenant une reine, des faux bourdons et des ouvrières.

Espèce indigène : Plante qui pousse naturellement dans un lieu et qui n'a pas été apportée d'une autre région du monde.

Fongicide : Produit chimique servant à tuer les champignons qui nuisent aux plantes.

Infection : Contamination qui se produit lorsque des microbes nuisibles envahissent un organisme et le rendent malade.

Larves : Jeunes abeilles avant qu'elles se transforment en ouvrières, en faux bourdons ou en reine.

Nectar : Liquide sucré à l'intérieur des fleurs.

Parasite : Organisme qui vit aux dépens d'un autre organisme et s'en nourrit, lui causant du tort.

Pesticide : Produit chimique utilisé pour tuer les insectes nuisibles.

Pollen : Substance poudreuse qui est transférée d'une fleur à une autre pour produire d'autres fleurs.

Pollinisateur : Animal qui transfère du pollen de fleur en fleur, comme une abeille, une chauve-souris ou un papillon.

Pollinisation : Transport du pollen d'une fleur à une autre.

Ruche : Endroit où vit une colonie d'abeilles.